詞章 満身創痍の紅薔薇

……新城貞夫
Sinjo Sadao

洪水企画

詞章　満身創痍の紅薔薇

花盗人　女性にあれば悪まざる
花盗人　男にあれば打ちのめす

俺は
老 Narzisst である。
朝夕
鏡の前に立つ。

私は
内部を覗かない。
内部は混沌、
どろどろとして泥沼。

雲が浮かんでいる、
なんとも退屈な雲。
やがて
雲と雲の裂け目に光が射し込んでくる。

ベッドに横たわる、
と、青い空が見える。
白い雲が
停まっている。

窓を開ける
と、一斉に飛び込んでくる景色。
アンニュイな日常が始まる、
かかる日常をしあわせと呼ぶ。

突然、記憶を失う、
ということはあり得る。
何のきっかけもなく。
この世のことは予測不能である。

夜、
さんざめく光がやってくる。
赤、青、橙、白。
昼の白い街が消える。

うすい墨色の空に
薄い雲が浮かんでいる。
天上に星はない、
地上にはきらめく光。

夜が明ける、
と、朝である。
私の日常はこのようにはじまる、
他の始まりようがない。

夜が明ける、
目覚めない朝だって
あるにはあるらしい。
まだ経験していない。

わが家の庭に
オクラレルカの花が咲く、
偶然か必然か
四月河馬の日である。

病院と収容所。
入口はある。が、出口がない。
いくらなんでも
ジャン・ポール・ベルモント、いやサルトルでもあるまいし。

入院三週間、
いいかげん飽きもする。
それでもいざ退院ともなれば
いずれ郷愁を憶えぬでもない。

左後方でささやく声がする。
天使のそれか、悪魔のそれか、
わからぬ。
たぶん機械を通した人間の声である。

人の命なんて
軽石より軽い、
と軽口を叩いている男。
重篤らしい。

多弁症、
終末期患者の特徴である。
だって喋る以外に
なにがある？

阿鼻叫喚はまだましである、
金属の摩擦音より。
少なくとも
人間の声、自然の声ではある。

珈琲依存症、
それが不味いのである。
俺のどこが
狂いはじめたのか？

認知症には
特権がある。
事態の
深刻さを認識し得ない、という特権。

食事ごとに
心臓病食とある。
いやがおうでも
そう長くはない、と意識する。

光は自在である。
林立する光、
疾走する光、
消えてゆく光。

日誌、
空白だらけである。
その日、何処にいたか、
場所だけが記されている。

バベルの塔か
バブルの塔か
区別がつかぬ。
が、いずれも人間の尊大さを示す。

三週間の入院、
苦い思いも
いずれサウダージとなる、
であろうか？

看護婦との
別れ際の挨拶に
「またいつかね」
は禁句である。

政治家が
労働力が足りない、という場合、
それは
自由な賃金奴隷としてである。

職業に貴賤はない、
嘘である。
資本主義のでっち上げである、
ことに学者たちの。Max Weber の場合

隣室から
帰りたいよ、という女性の声がする。
それでも
帰りたい、帰れない、という歌があったっけ。

一応、
退院という。
一応って、どういう意味？
聞くのを忘れた。

朝六時、
小鳥のさえずりと共に目を覚ます。
「名曲の時間」
ハイドンの「天地創造」である。

庭の木々が
大きく揺れている。
天気予報を
聞くまでもない。

国会で
猿とチンパンジーが喧嘩をする。
紛れも無く
日本人の祖先ではある。

とある得体の知れない
ものの掌の中で
世界はもう終っている。
首をしめられて、

わたしの日常は
おだやかだ。
ただ
心臓だけが渦を巻いている。

独裁者には
まだ視えていない。
おのが権力の
崩壊を。

太古の昔ではないが、
父兄会があった。
いま
母姉会があるかしら。

言葉は
脳髄を駆けめぐる。
が、思考力は
何処かで昼寝をしている。

わたしは
私の運命に関与し得ない。
ただ
眺めているだけである。

時は流れる。
流れない河は
淀む、
が、外へ出られない。

風、あるかなき。
木々、
わずかに揺れている。
まだ明け切らぬ。

ラディオは
能楽「隅田川」を流している。
やはり
重たい。

国民は
騙されたふりをする。
あれ！
ふりなの？　本物の。

俺の
虚言癖。
十分に
作家の資格がある。

わたしは
猫ではない。
なにしろ
今年は戌年である。

水平線に
雲が浮いている。
おれは
まだ生きられるだろうか。

死までの
距離を測る巻尺。
一寸、一尺、一丈……
あと一年、一か月、一日。

詩から
意味性をとっぱらう。
それでもなお
ひびきが残る。

病院に行く。
生きるって大変なんだな、
と、自分のことながら
他人ごとのように思う。

悪意は
つねに目覚めている。
が、善意は
常に眠っている。

ぼくは
なにをしたかって？
世界を
眺めて来ただけだ。

失語症、
詩人の宿命である。
ことばを
節約しすぎたのである。

世界の
運命は
コンピュータに握られている。
それがどうしたの？

人間は
自らにではなく、
コンピュータに
ひれ伏している。

政権打倒！
国民に
その能力はない。
ただ、厭きることはできる。

ＥＵの女王、
Merkel がかわいそう。
連立の相手から
そっぽを向けられている。

Barack Fussein Obama.
何をしているかって？
十分に金があるのに
やはりゼニに仕えている。

土砂降り。
インターナショナル・ストリートを
ビニールの傘が歩いている。
オキナワの日である。

すかっと晴れ。
天気だって
泣いたり、笑ったりする。
気まぐれなんだな、俺。

隣の席の
外国人に
出会いがしらにGrüss Got.
別れ際にGrüss Got.

やはり隣の席で
二人の外国人がしゃべっている。
インド人らしい。
わたしは言葉のひびきを楽しむ。

インド人と
ゴーヤーの話しをする。
糖尿病に効くという。
ゴーヤー・チャンプルを苦いとは云えない。

世界を
電波が駆けめぐる。
と、どこかの
都市が崩壊する。

図書館で
「はじまりの光景」を読む。
くそ、面白くもない。
南洋移民の証言集なんて、

那覇の街。
Starbucks に
一年も通えば
多国語を自由に操れる。

朝、起きる。
それやそうだ。
起きなければ
永眠である。

ぼけっと
世界を眺めている。
そろそろ
死にどきか？

のぞもうと、望まなかろうと
死は
向こうからやってくる、
急ぎ足で。

すべての書物は
遺書である。
書き遺された物、
ただし商売用を除く。

雲さ、
そんなに急いで
どこさ　ゆく？
冥土へさ。

座り込む人々に
襲いかかる県警察・機動隊。
給料はどこから?
任免権者はだれ?

職業に
貴賤はない
しかし
待遇の差は画然としている。

国際通りを歩く私に
女は
死の影を視たのか
顔を背けた。

詩人は
ことばを遊ぶ。
が、言葉に
翻弄されもする。

ねむりたい、
むやみに眠りたい。
いずれ
寂滅に入る。

未来、
とっくに過ぎている。
現在、あるか無き。
過去、まだ訪れない。

なんで
おれは
こんなにさびしいんだろう?
きっと宇宙的存在だからだ。

無数の
星々の中で
それぞれは
ひとりぼっちだ。

何億、何兆かの
星々は
おのれの存在を示そうと
光を競い合っている。

権力って
どれだけの
値段がつくのかしら？
政治家からの返答はない。

時間は
残されていない。
それにしても
仕事は多すぎる。

Identität って
そんなに大切かしら
買い手がいるなら
すぐに売っちゃうのだが。

Starbucks で
一年間
エスプレッソを注文する。
と、その支払いは？　一二三、九五五円也。

五感までは
誰にも備わっている。
肝心なのな
第六感である。

灯が灯っている、
入る。
ちらっと顔を上げる女、
世界の重荷を背負っている。

無性に
カラオケを歌いたい、
デュエットで。
とある霧の街の夜明けである。

とある Café の
ど真ん中に
あご髭の男が座っている、
サングラスを頭に乗っけて。

目を覚ます、
心臓からの
濁流が走る。
世界は沈黙している。

太陽にあたる、
久しぶりに。
気分は？
レトロ語でルンルンである。

死者は
ただ、黙している。
私には
花向けの言葉がない。

私は有る、
有限の存在として。
私は無い、
無限の存在として。

北朝鮮の政治家、
蟹股である。
が、堂々と歩く、
と表現するマス・メディア。

Amakusa Siro Tokisada
この男が生きていたら、
神社・寺院は焼き払われ、
仏教徒は火あぶりにされたであろう。

自分が死んでいるのに
気づかない。
しばしば
あることだ。

眩い
光の中で
男は
闇を視ている。

心臓疾患、
その波及劣化たるや
凄まじい。
満身創痍の紅薔薇。

見えるものを
きちんと視る、 たとえば野の花。
見えないものは
どうあがいても視えやしない、 たとえば幽霊。

食事は
急いでするものか？
家では妻に
病院では給食係に追い立てられて

総理大臣はまだ
この国をさ
俺のものだ、
と思っているのだろうか？

ぼく
どこに坐っているの？
どうやら
薄暗い廊下のようだ。

しばらく家を留守にした。
小さな旅をした、と思えばいい。
ただ、外出を許されない船旅であった。
ひねもす寝て、目覚めると病室であった。

良き敵は
良き友でもある。
ジャーナリズム Washington Post と
ハンバーグ帝国大統領 McDonald Trump の関係である。

コーヒー気ちがい、
しかもエスプレッソ派。
Starbucks は
新城の根城である。

私に
Identität があるとは
思えない。
かれも私も等し並に死んでゆく。

人生は在る。 有限として
同時に
無も在る。
消える存在として

現代人は
あまりに多くを持ちすぎた。
まずオカネから
自己を解放するがいい。

ヴェネツィア、おお、わが水の都！
と呼びかけようにも
記憶は
ヴェネツィアン・グラスより儚い。

おれは
ヴェネツィアの
何処をさ迷ったのであろう？
いまは記憶の一かけらもない。

蜘蛛の巣の
張り廻らされた
マス・メディアの上で
被害者と加害者が同棲している。

初めもなく、
終りもない。
世界は
ただ、Nullpunkt ＝零点　に止まっている。

年齢を重ねるにつれて
女性を見る目がかわった。
顔から胸へ、上半身から
腰から臀部へ、下半身へ視線が移った。

風がないのに
地球は動くらしい。
それで
俺の体もゆれに揺れるのだな。

世界は、
といって、あとが続かない。
何を言おうとしたのか？
深いとも、闇が広がっているとも。

空には天使、
地上には花、
地中には土竜。
現世って、そう悪くはない。

新城は
携帯電話を持たない。
自由なのか、孤独なのか、
誰へも、誰からも用事があるとも思えない。

何処をどう歩こうと
サン・マルコ寺院に到る。
入り組んだ迷路を
まっすぐ歩く。

あの人
何をしているのかしら？
辛うじて本人にだけに
わかる言葉を呟いている。

持ち家と借家と
どちらを選択するかって？
むろん
移動の自由を！　である。

現在よりすべてが悪かった昔。
にもかかわらず
人びとは
懐旧の情を抑えがたい。

終りがくる。
どう過ごすか、まだ決まっていない。
いや、とっくに
終わっている、と本人は気づいていない。

お笑い芸人の
自信たっぷりの声が
汚く、醜い。
新城の耳は狂っているのか？

記憶を
記録する。
すでに失った記憶を
記録できるのか？

ぼくは
アメリカ語を知らない。
ドイツ語からの
類推の範囲に止まる。

なんじ、死にゆく者よ！
と、呼びかける声。
汝とは
俺のことか、と押っ魂消た。

死は
真向かいからやってくる。
では
避けられるか？

きみのうしろに
その
気配もなく
立っている死。

この世に
用はない。
で、あの世へは？
急ぐほどではない。

ねえ、ねえ、
寄っていかない？
そういう女が
消えた。

裏街が
消えた。
袖を引っぱる
女たちも

清潔な街っていやだな。
暗いネオンの下で
性をひさぐ
女たちが消えた。

ぼくは
何処にいる？
向こう岸だ。
誰も渡れない。

これまで
何かを棄ててきた。
人々が
人生と呼ぶものだ。

危機は
熟れているか？
それにしても
軽々薄々のニッポン！

水ぶくれの
首相を戴いて
呻吟する
国民。

男どもは
肩を落して帰る。
女どもは
威風堂々としている。

ココは
どこの子?
ここの
子よ。

優しいものたちよ、
お前には
過酷な
運命だけが似合う。

かくて
かれは
地上から
姿を消す。

医師は
絶対安静を命ずる。
足は
歩くように出来ている。

すべては終わった。
あとは
自分の
処分だけである。

風がふっと一息、
それで
私は
生を終える。

ひとには
ボケっとする時間が必要である。
ただ、新城は
一日中、ボケっとしている。

空、青い空よ
僕を引っさらうがいい。
魂だけを
地上に残して

望むことを
すべて叶えたとしたら
残されたもの
それは死だけである。

本当は
頭脳には何も積っていない、
と彼の
下半身は考えているのだ。

わたしは私である。
と、いえば同語反復である。
では
誰が私なのか？

今年、戌年。
なぜか
テレヴィの人気者は
「ネコ歩き」である。

なぜ、いぬ年があって
おれの年はないの？
首をひねっている猫。
そのすがた・かたちもまた可愛い。

文学に何らかの効用があるか
読者を目覚めさせるって？
ああ、のん気だね。
プロレタリア文学の残骸でもあるまいし、

日本ペンクラブはことばの売買人か？
言葉から毒が失われる、
と、何が残る？
商品価値だけである。

沖縄の文学は
言葉の実験室ではあるまい。
人類未踏の世界への
入り口としてなら、ともかくである。

世の中に
蔓延る真実より
幻想や妄想を信ずるがよい。
文学はそれらの結果である。

百日草。
種はまいたが、
芽が出ない。
地球の一大事より深刻だ。

安室奈美恵が好き！
いい歳をして
と、笑われている俺。
特別に異風でもあるまい。

太陰暦で何日かな、
東の空に月が懸っている。
欠けた部分は
どこに潜んでいるのかしら。

と、ある夏の朝。
と、あるカフェに坐っている。
ひたすら座っている。
これをしも只管打座というかしら。道元禅師よ！

Croissant って
日本語でなんていうの？
クロワッサンさ。
山彦の声が返ってくる。

豊かになる、と文学は力を失う。
と、ある作家の言葉である。
訂正しておく。
貧しい。だが、豊かさを装うようになれば、である。

ああ、なんということか
文学者までが
ことばの毒を否定する。
毒を含まない文学なんて、挨拶語にすぎない。

たしかに国家語は毒を含んでいる。
ならば
十倍、百倍にして
送り返せばいい。

職業としてのテロリズム。
もはや未来永劫
それを
拒みようがない。

イスラム国（ＩＳ）だけではない。
正義の旗はどこにでもある。
神様を持ち出せば
聖戦となる。

遠い景色は見えるが、
近くは視えない。
立ちこめる霧より
深い闇、老耄と謂う。

遠くからの声、
山彦は聞こえるが、
隣で話しかける
妻の声が聴こえない。

おわりから
始まる旅がある。
仮に始発駅と謂う。
ひとはあの世への入口に立っている。

地中からにょきにょき幹が出てきて、
天辺に
むらさきの花を
戴いているオクラレルカ。

なるようにならないのが
この世の掟というものだ。
森から
あすなろの樹が消えた。

ヴェネツィアで
ゴンドラに乗らぬ手はあるまい。
櫂を漕ぐ？　まさか
小型モーターで走る。

迷路だらけの都市ヴェネツィア。
いかなる旅行初心者でも迷わない。
どこをどう歩こうと
正確にサン・マルコ寺院に到る。

ひとはどうにか生きられるものだ、
二、三の友人と
二、三の書物があればだが。
人びとは悪友とか、悪書とか呼んでいる。

新城は
どこで、どのように生を閉じるか?
おそらく
畳の上ではない。

ひとはつまらぬことをする。
そのためなら
どんな冒険だって
犯すものだ。

小鳥が
わざわざやって来て
朝の挨拶をする。
チュ　チュ　チュー

昔、たかだか半世紀前だが、
神田の古本屋街で文庫本を買った。
「オルフォイスに捧げるソネット」　リルケ
所有者　須田洵子と読める。

安定した圧政と
混乱した民主主義と
はてさて、どちらもいやなんだが、
国民は細い網の輪に囚われている。

数え81，満79，真ん中をとって80歳。
この老人
依然として喫茶店通いをしている。
ひたすら眠るのである。

毎日、午前九時に喫茶店にゆく。
なぜ？　なんの用事があって？
問うも愚かしい。
ただ居眠りをするだけだ。

テレヴィのお笑い番組は
可笑しいか？
日本人のユーモアって
一億総白痴化じゃない？

左の腕から指先にかけて
ぴりぴり電流が走る。
なんの、どこからの
無線通信なんだろう？

心臓が病む、
と、こころも病む。
一心同体、
分割不能ときている。

業者をたのんで、
庭の木を伐採した。
すっきり
晴ればれした空気がやってきた。

あっちもこっちも
テレヴィの上での賑わい。
Mc ドナルド・トランプも
アメリカンフットボールも

落ち目の政治家が
なんとか賞を授与する写真。
受賞者の人気に
乗って起死回生を図っているのかな。

余命尽きた首相は
次にはどんな嘘をつくのか
と、国民はテレヴィの前で
ニヤニヤしている。

水膨れした政治家に
次の一手、起死回生の
有効な嘘があるのか
さてお立ち会い！　国民は見物人である。

美しく語ろうとは思わない。
なにしろ
私は知っている。
薔薇には棘がある、と

私は同性と付き合っている。
世間の好奇の目に晒されるか？
否である。
俺と付き合う異性がいないだけである。

起きて、まず門を開ける。
日課の始まりである。
小学生が亀の甲羅を背負ってゆく。
何が入っているのかしら？

全員が殺人の動機を持っているが、
誰一人として
犯行に及んでいない。
そんな推理小説ってあったかしら？

私の体の中を
風が吹き抜ける。
ときにさわやかに
時に怒りを含んで、

新城さんちの
貞夫くん
近頃、少し変よ、どうしたのかな？
看護婦が旋律に乗せて歌う。

政権打倒！
ニッポン男児よ
勃起せよ！　を
旗印にするわけにもいかない。

相対立する国家、
政治家同士は地下で手を結びつつ
国民には
敵愾心＝愛国心を植え付ける。

国民はいい面の皮だ
政治家は握手しながら
主権者なんて、いい鴨の餌じゃのー
と、内心では思っている。

しっ、起こすな！
いま天使は昼寝の時間だ。
その隙に
空巣に入るか？

私という
お前をさがす旅に
出る。
地球七回半の旅。

膨らみすぎた夢は
風船ではないが、しぼむしかない。
と、いうのが
ひとの世のさだめというものだ。

世の中、
真面目な人間が多すぎる。
詩人までが
正義の側に在って、どうするというのだ。

目下、認知症進行中
危険につき、近づくな！
と、背中に
ゼッケンを貼り付けるか？

昨日、読んだ書物の一行が思い出せない。
なのに
五十年前の記憶は鮮明である。
逆認知症と呼ぶ。

認知症は喜びでもある。
記憶からの解放、
世間の常識や正義を少しずれる。
と、ひとは生き易くなる。

認知症をまっしぐら、
までは知っている。
その後の行く末を知らない。
中学や高校でもあるまいし、進路相談室がない。

この国（どこの国かは名を秘す）の
Supermarkt には
医療品や食料品はないが、
kokain は充分にあるらしいのだ。

政治家と実業家。
べつに貧困家庭ではないが、
それでも
相互扶助の関係に在る。

はて、南の果てとはどこか、
それも海とは？
そこは天からの
水で満ちているらしいのだ。

遮るもののない大空。
ああ、俺は何処に立っているのか？
オスプレイも旅客機、軍用機もＪＡＬやＡＮＡも飛んでいない、
未来という荒野。

秋、木の葉が落ちる。
冬、地中に在って、機をうかがっている。
春、いっせいに芽をふきだす。
夏、俺は海水浴に行こうか。

大きなものは小さい。
国民の前で尊大な首相も
Mcドナルド・トランプの前では
卑屈である。

Mcドナルド・トランプの
後釜を誰が狙っているかって?
むろん
夫人がである。

僕は発つ。
どこからどこへか
わからぬままに立っている。
入口でも出口でもない場所。

ひとを馬鹿呼ばわりしない。
軽蔑語にあたるらしく
いずれ広辞苑から消える。
なーに河馬と言えばいいのだ。

ハンバーガー帝国の
大統領 McDonald Trump.
アメリカ民主主義が
かれを選んだにすぎない。

首相の体は
重すぎる。
国民は
かれを支えきれない。

Venezia 土産に
買ったグラス。
あれ、今
どこへ行ったのであろう?

Franz Joseph Haydn
「弦楽四重奏曲」が流れている。
庭の木が
かすかに揺れている。

Antonio Vivaldi は
どこで
客死したのだっけ？
想い出せない。

ガストで
女たちの会話。
「ありがとうとも言わないでさ、
文句が先にあるから。」

アナキストとニヒリスト。
いずれも
この世の
外に在る。

老後資金の有効活用法とかの
セミナーに参加した。
結果、
家も屋敷も失った。

基地を引き取る、
オキナワに寄り添う？
ひっこんでいろ！
こちらは勝手に生きてゆく。

この国って
あれ！　どこの国だったっけ。
頭を傾げている。
おれの国ではないようだ。

とある夏の夕刻、
わが家の敷地に不法侵入した亀がいる。
小学生のカバンのような
硬い甲羅を背負っている。

いや逆かな、
登校、下校時の小学生が
亀の甲羅を担いでいる。
先生方はこの重労働に気づかない。

耳を澄まして、外界の音を遮断する。
と、聞こえない声がする。
神の、とはいわないが、
何か不思議な世界からの送信である。

エスプレッソで
酔いを醒ます。
私の一日はかく始まり、かく終わる。
途中がない。

世界の七不思議の一つ。
詩人までが
いまなお
言葉の力を信仰している。

インターナショナル・ストリートは
人類展示会場である。
黒や黄、白やと色とりどりの
人が歩く。

いずれ
人種の区別はなくなる。
人びとの交わりは
それぞれ独自の皮膚の色を消す。

カール・マルクスとは別の意味でだが、
国家は死滅する。
二十一世紀前半、パスポートは国籍を証明する。
が、世界にあふれる難民に、それがない。

ITALIAN TOMATO CAFE Jr でナポリタンを注文する。
「箸をお持ちしますか」と女の子。
あれ！　俺って純血日本人なのかな？
フォークの使い方を知らない。

むろん、テレヴィでは
「離婚のすすめ」という番組が
主婦たちの
視聴率を高めている。

テレヴィはあまりに写実的である。
人間の顔の醜さを
思考の愚かさを
拡大鏡並に写しだす。

歴史に「もし」はない。
ただ、天草四郎時貞の乱が平定されなかったら
この国は
愛の宗教・キリスト教の残虐にさらされていたであろう。

女性ファーストの国・アメリカ、
スローガンだけはでっかい。
まだ一人の
大統領を出していない。

で、お前の国は？
とっくに男女平等から
女性上位の時代を実現している。
俗に女房の尻に敷かれる、と謂う。

圧政者は圧政者が好きである。
握手する。
その下で
呻吟する国民がバンザイを叫ぶ。

テレヴィは独裁者同士、
ガニ股の金正恩とMcDonald Trumpの握手を
歴史的会談！と延々と報ずる。
蚊帳の外の日本の首相が冴えない顔をしている。

北朝鮮の段階的非核化？
国際機関の査察が入る前に
とっくに中東の国に渡っている。
いくらでも欲しい国はある。

歴史とはアイロニーである。
サラザールの圧政は
ポルトガルがスペイン内戦や第二次大戦に
巻き込まれるのを防いだ。

世間の常識を
圧しつけられて
悲鳴を上げている
感性。

男性は
威風堂々、颯爽としている。虚勢である。
女性は
生き生きしている。満身で喜びを表現する。

リスボンの女性ドライバーが言う。
海と太陽が
私に人生を与えた。と
はてさてオキナワの女性は？

おれは
サッカーよりデモを選ぶ。
ポルトガルのいかにも精悍な
タクシー・ドライバーの弁である。

深夜、テレヴィを視ている。
メキシコとドイツの試合、
どちらが勝とうと負けようが
朝食のメニューに変更があるでもない。

ある女性政治家の肩書に
カイロ大学を首席で卒業、とある。
なーに粉砕決算は世の常で
べつに驚くに当たらない。

Die Amerikaner sind crazy.
戦争といえば
小躍りするアメリカ人。
何処かにいい鴨になる国はないか？　と探し回っている。

青い空を雲が歩いている。
機嫌がいいか、
悪いかは
その足取りで、それとも色彩でわかる。

日本列島、津波の心配はない。
ただ、地震には
自信がない。
と、弱音を吐く気象台。

こどもが好きだった。
と、隣近所の人が言う。
そんな評判の人が
子供を殺すことはあり得る。

ニッポン列島、
政治家の頭だけがおかしいのではない。
災害は続けざまに、忘れないうちに
やってくる。

男が伝票を持って
register の方へゆく。
女が腰を上げる、
少し屈んで口紅を塗る。

私は主張などしない。
そもそも自己なんてありはしない。
それが主張だなんて
自己矛盾である。

サッカーのワールドカップ（W杯）。
テレヴィは連呼する。
ニッポン、ニッポン、ニッポン！
私は言うまでもなくコロンビア派である。

おれが歩く。
と、影が付いてくる。
太陽の位置によって
伸縮自在な。

ぐらぐら揺れる。
街が消える。
地球は
真っ二つに割れる。

一日とて
死を想わぬ日はない。
さりとて
西洋中世の賢者でもあるまい。

むしろ
一日一日が
Romain Rolland 風の
「愛と死の戯れ」である。

ここ四~五日、
雨が続いている。
二階から
ジョン・コルトレーンを引っ張り出して聴いている。

雨の日には
ジャズが似合う。
とは誰が言ったか、
知らない。

五十年に一度の大雨、土砂災害。
マス・メディアは
よっぽど五十年に一度が
お好きなようである。

女性たちは Hitler Jugend の
熱烈な支持者であった。
この島では
いなぐや　いくさぬ　さちばい、という。

Adolf Hitler は犬が大好きだった。
和歌山のドン・ファンも同じである。
二人に共通する点は何もない。
ただ、例の外に〝自殺〟がある。

五十億円の資産。
三千五百五十五人の愛人、元及び現在の妻。
彼にはもう
愛犬の死の後追い自殺しか残されていない。

だがね、Marx さん、
資本は自己増殖なんかしませんよ。
すべてを得た者は
すべてを失う。

金満家にして艶福家。自殺はあり得ない、とテレヴィはいう。
ははーん、若い妻を犯人に仕立て上げたいのだな、
新城は
自殺以外にありえない、という立場に在る。

自称、他称の資産家が言って退けた。
「一億円は紙切れ」と
当り前ではないか、
紙幣だもの。

そう長くも短くもない
生涯を締め括るとして
誰も読まない
三文小説でも書くか。

六月二三日、慰霊の日。

参列者は正装をしている。

「平和の礎」

戦争記念碑の前で

今年も
私は「平和の礎」の前にいない。
ニッポンの首相がやって来て
十年前と代わり映えのない挨拶をする。

ようやく母の七回忌を済ませた。
あとは
いかに自分の始末をするかだが、
まだ決心がついていない。

戦没者追悼式。
政治家の濁声が聴くに堪えない。
港川中学三年生・相良倫子の詩朗読「生きる」だけが
凛として透きとおっていた。

Starbucks
午前8時。
女が入ってくる。
やはり美しい、お尻が。

戦やならん、かね。語り部さん
親の仇を討つ、
父なき子の
唯一の務めではないかね。

なにか、事が起こる。
起ころうと、起こらなかろうと
マス・メディアが騒ぐ。
依然として私は呆然自失している。

歴史に名を残したい政治家がいる。
てっとり早く
暗殺されることである。
しかも白昼堂々と、

慰霊の日だ、
黙っていろ！
せめて
政治家ぐらいは

平和なんて
次の戦争までの
中休みにすぎない。
と、認識する俺。

あの日とは、この日なのか。
私には過去の記憶がない。
どう継承せよ！
と、いうのかしら。

この日になると
どうしてひとは
こんなに饒舌になるのだろう？
戦争なんてとっくに忘れていいのに。

私は何を
悲観しているのか？
そもそも
そんな時間なんて残されていない。

どうしようかな、
戸惑っている俺に
投げキスをして
去ってゆく Marilyn Monroe.

記憶の
忘却装置がある。
さもなければ
ひとは発狂するしかない。

記憶の
身体への影響。
ひとは trauma を背負って
歩いている。素知らぬ顔で、

林檎は
ただそこに在るだけで
微笑みかける。
私は頬擦りをする。

私は神の名において
悪事を働く、
他の人間と
変わりはない。

悪人だって
ひとつの人格である。
時には
善人の及ばぬ善きことをする。

ひとは
絶望を楽しむ。
自殺はいわば
かれの遊戯にすぎない。

ウェイトレスが
去ってゆく。
うしろ姿が美しい。
揺れる臀部。

絶望は
夢の温床である。
どこにもない世界が
壊れるのを視ている俺。

サイパンでは収容所を
アメリカ語でキャンプと言った。
なるほど
ドイツ語で Lager　ロシア語ではラーゲリである。

Terrorismus はもはや一つの職業である。
とすれば
誰もそれを
非難し得ない。

さて、出かけるか。
一人消え、二人消え
そして誰もいなくなった
アガサ・クリスティの旅へ。

人生とは時間である。
ストップしたら
はい、それまでの
道程である。

80歳、机のわきの
広辞苑が持てない。
文字を書く、
正確さを期しようがない。

この世とあの世は
隣り合わせである。
ときには垣根越しに
朝の挨拶をする。

プーチン、習近平、トランプ、エルドアンが集まって
俺がNationだ、と言っている。
あれ！　世界史の何処かで聴いている、
「朕は国家なり」。ルイ十何世だったかしら。

真実なんてどうでもいい。
それは嘘で固められている。
ただ、事実だけを
知ればいい。

みんなが皆、正義の側に立つ。
それって
Faschismusでないかしら？
と、疑ってもいい。

嘘と虚構。
どんな書物も
ノン・フィクションもだが
虚構である。

民主主義なんて
よりでっかい権力への
憧れなくて
成り立たない。

民主主義は
独裁の土台である。
民衆なくして
政治が成り立つか？

おれは俺に
問いかける、
答えのない問いを。
それ以外に興味はない。

おれは
まいにち、毎日が
休みである。
いずれ終りのあるUrlaub.

Bill Clintonなんて
存在しなかった
伝記の中で
まだ生きている。

贈り物に
なぜ薔薇なのか
よく分からない。
きっと相手を傷つけるためである。

時には
品行方正な私だって
政治家の前で
屁をする。

梅雨前線が
オキナワを素通りした。
オスプレイは
TOKIO に墜落するか？

お天気屋さんによれば
梅雨前線には二種類ある。
アルコール型の激高と
コーヒー型の沈着さと

誰が飛ばしたか、
ドローンが
首相官邸を
うかがっている。

大統領の元側近の
暴露本が売れに売れている。
ひとは他人、ことに政治家の Skandal には
喜々として飛び付くものだ。

大統領夫人なんかに
なりたくなかった。
アメリカ初の
女性大統領を望んでいた。

夫人は
McDonald の横にではなく、
Trump を傍に
置きたかったのだ。

夫人のハイヒールは
ハンバーグ帝国大統領
McDonald のそれより高い。
彼女が支配権を持っている。

ひとの食事をしている姿は醜い。
ペチャ、ペチャ、クチャ、クチャ
でっかいハンバーグを大きな口を開いて食べている。
その健啖ぶりや、やはり醜い。

上部構造と土台。
頭脳と性器
ペニスが
上部を決定する。マルクスとフロイトの場合。

トイレは
私の秘密の部屋である。
ゆっくり読書するのに
相応しい。

老人がベンチに座っている。
何を考えているのかな、と若い男が問う。
なんにも、と若い女は応える。
おれには考える力がないな、と考えている老人。

知性は衰えても
感性は瑞々しい、
って、ことないかしら。
ことに老人の場合。

あれ！　老人って
若いんだ。
行き過ぎて
やんちゃもする。

台風、過ぎたかな。
ほっとけ、さるものは去る。
朝の
妻との会話である。

台風一過、
柿の実が落っこちた。
朝ごとにやってくる
目白の餌がなくなる。

柿の実を拾う。
正確に八九個
もちろん0、3パーセントの
誤差が生ずるのはやむを得ない。

政治家は脳梗塞なのか？
新しい言葉を覚える力がない。
去年も今年も来年も
「はいさい、ぐすーよー、ちゅーうがなびら」

1930年代の若者は
Attentäter になるか
Faschist になるか、しかなかった？
それとも Demokrat?　鼻であしらわれた。

没落してゆく階級
引き裂かれた階級
若者にとって唯一の逃げ場、
それが Faschismus であった。

La Vie est à nous
人生は私のものではなく、
われわれ
人民戦線のものと、政治は謂う。

台風がここ数日続いている。
どこもかしこも土砂崩れ。
自然災害？
自然からの復讐である。

暴風雨が
日本全国を襲う。
私は川の氾濫を
風景のように眺めている。

タイフーン。
そうか、アメリカ軍も
オキナワから
北上したんだったな。

台風が去って
さあー、とさわやかな朝。
柿の実が庭いっぱいに落ちている。
秋、黄金の季節を待たないで。

ラディオがEdward Elgarを流している。
なるほど女性だけだな、
「威風堂々」としているのは。
胸に二つの隆起物を持っている。

人生に飽きたわけではないが、
ただ、外をゆく人びとを眺めている。
姿勢を少し上げると
驚安の殿堂「ドン・キホーテ」が見える。

インター・ナショナルのほぼ中央、
どんとかまえている「ドン・キホーテ」。
むかし、原石を買ったたな、
Lapis lazuli の。

時間はまだ残されているか?
存在しない世界で
私が
消滅するまで。

多くではないが、
まだ時間が残されている。
しかし、それは
希望の残骸である。

地球最後の日って
なかなか来ないね。
とっくに過ぎているにすぎない、
地球人も宇宙人も存在しない世界。

中国の人って
なんで甲高い声で話すのだろう？
国土があまりに広いので
自分の声が遠くまで届くようになの。

最強台風がまたやってくる。
よくわからない、
最高、最低、最大。
もっともっとって、いくつもあるらしい。

カデナ、コザ、フテンマ、ナゴ。
基地の街には
なぜか
保守系の政治家が似合う。

八十歳。
長寿であるか、
ワラビーであるか、
当の本人にはわからない。

天草四郎時貞が立てこもった原城を
世界文化遺産にする。
そうか、かの乱が成功した場合、
九州一帯はポルトガル領になっていた。

潜伏キリシタン。
勝利すれば仏教徒を殺す。
敗北すれば仏教徒を装う。
生きる知恵である。

おれはいまどこにいるか、
星の世界に。
そうか、あの世から
「あばよ」して来たんだな。

Starbucks.
エスプレッソを注文する、367円。
平年を365円
閏年を366円にしてくれ、と云う。

死刑の執行を命ずる、
またしても女性の法務大臣である。
女性は神経が太いのか、
某教団幹部の場合も例に漏れない。

某教団主導の
事件には
国家が見え隠れする。
国民に透視する能力がない。

１９９５年とはどんな時代だったのか？
某教団と国家とは共同正犯である。
この関係は
永遠に隠されてある。

教祖はむにゃむにゃ
精神異常？
本元の国家が
沈黙を強要しただけである。

自称、事実を正しく伝える、
ジャーナリストの頭が
曇っている点は
頻繁にある。

イエスもクワバラも共に死刑。
死によって
はじめて
信仰の対象となる聖者。

世俗の法に従って
死刑を執行する。
ごく凡庸の
教祖が聖者に祭られる。

どこからくるか?
苦しみや悩み
不安や死は。
ひとが精神的存在だからである。

政治のスローガンは
人びとの不幸を奇貨として
高く、高く
翻る。

コーヒー一杯の価格から
各地域の経済水準がわかる。
北ヨーロッパは高く、
南ヨーロッパは安い。南北格差が歴然とする。

Tasse Kaffee の価格。
コペンハーゲン　6.24 ドル
リスボン　0.74 ドル
どうやらおれはリスボン派らしい。

ひとが勝手にやってきて、
勝手に弾く駅ピアノ。
私はただ通り過ぎる、
シチリア・アムステルダム・プラハ、Tokioを

いきなり雨、突風、かんかん照り。
小学生に「学校ね」と問う。
「はい」と素直な返事。
「休めばいいのに」とはさすがに云えない。

テレヴィの犯罪物での
セリフ、「単なる妄想からだ」
いくらでも転がっている真実より事実が、
事実より妄想が真理に近い。

テレヴィの箱の中で
深々とお辞儀をする人たち、
ニッポンの社長って
お詫び要員として雇われている。

平成最後の夏、
むやみに天変地異にみまわれる。
だからといって
天地動乱の予兆でもあるまい。

美しい言葉には毒が秘められている。
かならずしも
薔薇だけが
棘をもつとは限らない。

看護師が歌っている、
アベさんちのシンゾーさん。
すぐばれる嘘をつく、
大丈夫かな？　どすん！と尻もちをつく。

一吹きの風がやって来て
血にまみれて
散った初花。
その行方を知らぬ。

私は外国人のように
帰って来た、ヤンバルに。
見るもの、聞くもの
すべてが失われていた。

おれが女性に触れたら
セクハラだって！
女性がおれのお尻を触ったら
なんというかしら？　逆ハラ、それとも愛情表現？

人間には自然権がある。
なんでおれにはないのか、
と、自然が主張し始める、抗議する、実力行使に出る。
豪雨、土砂崩れ、堤防決壊、河川氾濫、殺害として、

人間が堤防を築く
自然災害を防ぐ。
結果、より大きな災害となる。
死者１２７人、行方不明61人。

首相が外遊を取りやめて
豪雨への対応を優先する、という。
留守を狙った
閣僚内の反旗を恐れてではない。

一番売れた書物が
いくつもあって
どれが一番なのか、
判断しかねる。

新聞の一面に
ベストセラー第一の本。
わが書棚には
一冊もない。

人生って
可笑しくも面白くもない、
重荷になるだけだ。
さっさと棄てるがよい。

一億円宝くじに当たった男の悲劇。
どこから秘密が漏れたのか、
翌日から一族、友人、知人、見も知らぬ人からの無心が始まる。
あとは丸裸。

年が暮れる、
歳の暮れどきでもある。
しずかに、静かに
去って行こうか。

時たま、Café ガストにゆく。
近所にしてはバス停三つを越えねばならぬ。
それにしても
昼寝をするだけである。

おまえの職業は？　おとこが聞いた。
強いていえば
自殺志願者の手助けをすること、
それって殺人？

わたしは政治家ではない。
かれらが豪雨災害の最中、
酒盛りをしようと
構いはしない。

やや左、斜め向かいの女性五人
にぎやかな笑い。
その中の一人、ことに甲高い声をあげる。
心臓に響く。

ドイツの時代は終わった。
なのに依然として
横断幕は
Zukunft Deutschland である。

歴史をひもとく。
と、人類は二四時中
戦争を欲している、
としか思えない。

火星　近づきつつあり、
地球は火の車となる、とは天気予報官の弁である。
べつに怖れることでもあるまい、
家計はすでに火の車である。

あー、あ。
安室さんちの奈美恵さん
と、つい口から出る。
落ち目の政治家に表彰されて

水星は水が干あがって
火星になった。
いま水びたしの地球は
いずれ水星になる。

いっさんに逃げてゆく
脳がある。
私の体に閉じ込められた
脳が、である。

政治は個人を見失う、
個人は世界を見失う。
ぐらぐら揺れている
地球

ガリレオの
地動説には重心がない。
だから地球は
ゆれに揺れて大混乱。

一歩一歩
そっと近づいて
くる
死の足音。

快晴。
突然
背後を
襲う死、なんとも卑怯な奴。

私は人びとと共にないし、
人びとは私とともにない。
ひとは
個的存在であるしかない。

生と死という別々の生き物があって、
生は自らの死を終わらせ、
死は自らの生を始める。
時間のずれが生まれるはずである。

常に認知症に接している
専門家は
自分の症候に
気がつかない。

認知症が
どっと押し寄せて来た。
山津波でもあるまいし、
脳の外壁をぶち割った。

地方自治体で三期当選した政治家はいない。
—ああ、一人だけいたっけ—
その顔にあきるからである。
その厚かましさにうんざりするからである。

自治体首長の立候補者
三期目では変わり映えがしない。
ならば知事選に出ればいい。
颯爽とした、新進気鋭に見えるはずだ。

蟬がせわしく鳴く。
さあ、皆さん。
今日もまた
むさっ苦しい一日が始まるよ、と告げている。

日、一日と
死が近づいてくる。
にもかかわらず、それゆえに
明日が待ち遠しい。

物を書いて
原稿料あったかね？
いや、家計から
9250,345円が消えただけだ。

老人には
サギシだけが
甘い言葉をかける。
が、詐欺師をだます老人だっている。

ウナギの日
するりと抜けて
逃げちゃった。
なんとも下手な川柳

世界の政治家が
いま、人びとのために
ガラスのように澄んだ
丸見えの陰謀を企てている。

Stalin の息子
Jakow は
その後、Sachsenhaus で
どうなったのだろうか？　脱出に失敗して

政治では
頭脳か手腕が問われる。
べつの言い方がある、
奸智か暴力か。

ひとは何をするであろうか
あるいはしないであろうか？
死が
二、三か月後に迫っているとき。

哀しみと美しさは
同時にやってくる
双子である。
とある葬儀場で

Den Weg gehe ich nicht mit.
俺はてめえと一緒に行かない。
とは言ったって
おのが行く道を探しかねている。

権力が意識を失う、
しばしばあることだ。
その時、何が起こるか
ひとは考えているか？

べつに色弱や色盲でもないが、
わが庭には色とりどりの花が咲く、　のではない。
ただ白と赤、
それに雑草の緑が加わるだけだ。

「認知症を楽しむ会」って
ないかしら？　すると
たちまち
嘘八百の物語が生まれる。

「認知症を楽しむ会」の
発起人になってもいいが、
その前に
ＮＰＯの連中が集ってくる。

敵対する政治家が
手を結ぶ。
Diktator と Demokrat
新しい無秩序という秩序が生まれる。

政治家って
大変なんだ。
受け取らなくてもいい賄賂を
受け取らねばならぬ。

沖縄は推理小説だ。
ある政治家が消え、
別の政治家は自らを消した。
歴史に光を当ててはならぬ。

記憶を記録するって？
なんとも不遜な。
歴史はただそこに在るだけで、
明るみへも暗闇へも行きはしない。

客観的な記録として
歴史書に納まっているオキナワ。
かわいそうに
沖縄は誰にも書かれなかった推理小説である。

おれが
歴史から学ぶとすれば
一身では背負いきれない過去を
忘却の彼方に捨て去ることだ。

Moskau では
まだ Lenin 像が健在である
その傍らにはほぼ同じ高さで
Coca Cola の幟がはためいている。

地球の終りを気にしていない、
とっくに滅んでいる世界だ。
宇宙には
まだ星座があるじゃないか。

中国からの
家族旅行らしい。
おじいさんが体を震わせ、涎を垂らしている。
妻が背中をさすって、というより叩いている。

わたしは
私自身であり得るか？
とすれば
幸福な存在であるのだが。

自動車の
安全装置の進化は著しいらしい。
ならば事故の責任は運転手側にあるのか、
トヨタ・マツダ・ダイハツ側にあるのか、が問われる。

ドイツはFussball, Politik, Wirtschaft.
ともに強固な国であった。
Merkel の帝国も
いま疲弊している、突っ走りすぎたのかな。

最初の詩人は
世界どこでも
呪術師である。
沖縄ではノロと謂う。

アメリカの人って
そんなに悪くはない。
ただ国家となると
また別である。

方言札、島くとぅば狩り。
教育の場で強制されたが、
それでもか、それゆえに日本語は
「私の言葉」である。

Feminismus の恐ろしい結論に
私は身震いした。
女性審判員が
男の生首をぶら下げている。

悔いのない人生のために？
おまえ、阿呆か
悔いがあろうと、なかろうと
また人生である。等価である。

一〇時、近くのコーヒー屋が開く。
と、どっと客が押し寄せる。
中国系の人たちである。
私はその騒音の中に自分を投げ込む。

アメリカの大統領は
Antidemokratisch か？
なーに
民主主義は圧政の母体にすぎない。

宇宙の星座に
比べると
地球なんて
Chaos そのものである。

世の中には
魂泥棒がいくらでもいる。
宗教家、政治家、ジャーナリスト。
あなたはどこへ連れて行かれるのか？

まいにち、毎日
テレヴィの前でフットボールの試合を視ている。
結構面白い。
いくらなんでも「ニッポン、負けろ！」とは言えない、寺山修司なら別だが。

あれほどせわしく鳴いていた
蟬の声が衰えてゆく。
そろそろ
俺の終末期だな。

ゴミ捨て場。
色とりどりの色彩は
いかなる現代絵画の
それより美しい。

むかし、といっても
いつの時代かわからぬが、
地球という
惑星があったらしい。

朝、新聞を買う。
レジの女の子が
私の余命を打ちこむ。
１３０円。

内側に鬱を抱えている男は
外面がいい。
かくて
内と外の均衡を保つ。

南北統一。
韓国は北の核兵器が欲しい、
北朝鮮は南の支配権が欲しい、
利害は一致する。

時が
津波のように押し寄せる。
お前を
飲み込む。

いきなり
お前の
背後を襲う時間。
避けようがない。

生は
一瞬の躍動。
死は
永遠の静寂。

火星、最接近。
なんの恨みがあって
地球を火の海にしたいのか、
よくわからぬ。

風にだって感情がある。
泣き喚く、うるさい。
ほほ笑む、肌を撫でる。
まあ、風の勝手ではある。

濁流うずまいている
心臓。
いずれ憩いがやってくる。
待つがいい。

凡人と天才。
いずれも才能ではある。
ボケの才能――長寿
狂気の才能――夭逝

体はがたがた、
魂はゆらゆら、
それでもか、それゆえにか、
生きて在ることはまだ希望である。

男が
何処かで
鼻歌をうたっている。
「にほんのテレヴィは死んだのよ」

曼珠沙華、
どこに潜んでいたのか
いきなり伸びてきて
天辺にひらいた花

曼珠沙華、
別名　彼岸花
学名なんて知らないが、
べつに不自由はない。

秋、庭の花々が
いっせいにあいさつを送る。
滅んでゆくものたちの
最後の華やぎである。

世界は繋がれている、
鎖でね。
とは、ある老人の
ひとりごとである。

よろけるのは
おれのせいじゃない、
と老人は思う。
地球が自転しているからじゃ。

肘を立て
てのひらの上に頭を乗っけて
あなたは何を考えているの？
空っぽの頭で何か考えられるの？

これ、どこのパン？
ドイツのよ。道理で堅いのだ。
宰相ビスマルクの下で
鉄の団結をしている。

二十世紀最大の歴史的人物、
アドルフ・ヒットラーをしのぐ人はいない。
最も民主的な憲法の上に
胡座をかく独裁者。

いつも遅れてやって来る政治家、
私はべつに驚かない。
その前に自民党亭で
酒盛りもしなければならない。

トイレで
妻が呼んでいる。
うつつである場合も
幻聴である場合もある。

エスプレッソとカプチーノの
区別がつかない。
名称だけでなく
味の違いもわからなくなった。

他人の子供って可愛い。
讀賣新聞に
山内祐季ちゃんが写っている。
一歳の誕生日である。

ありとあらゆることが
進化する。
が、詐欺の手法は
いつもクラシックである。

Führer と Reich に
命を捧げた
人たちもいるらしい。
１９４０年代、父の世代である。

おまえ、ここで
何をしているの？　なんにも
何かをしなければならない理由を
探している。

木がゆれる、
揺れに揺れている。
少女が
雨宿りをしている。

１９７０年代
私を虜にした音楽、
ジャズ。
ジョン・コルトレーン、マッコイ・タイナー、エルビン・ジョーンズ。

エスプレッソで
酔いざまし、
私の一日は
かく始まり、かく終わる。

政治家って何だろう？
泥棒か英雄か
と、ブラジルでは
問われている。

カリフォルニアに
火星が落ちた。
年中行事の山火事だ。
消防士がおいらの出番だ、と喜んでいる。

フランスでは
消防士が森に火をつけた。
自分たちの見せ場がないからである。
それとも危険手当を手にするためである。

ドイツのテレヴィ、ＺＤＦは
ベルリンのデモを映している。
Melkel muss weg! と読める。
出て行きな、メルケルとでもなるのかな。

Wo ist Papa? パパ、どこなの?
Ich weiss nicht, wo er ist. 私も知らないのだ。
McDonald Trump が
国境を閉ざして行き場がない子供。

椿の花だけではない、
日本の宰相も落ちた。
ドブネズミの住家、
下水道にである。

男がやってくる、
威風堂々と。
もちろん
西部劇の中からである。

私は
西部の男ではない。
だから拳銃を撃てない。
代わってピアノのキーを打つ。

目を閉じると世界が見えてくる。
眼をひらくと何も視えない。
世界って
眩しすぎるのである。

京都には
「哲学の道」がある。
私には
トイレが思索の場である。

冷静な彼が
知の海に溺れて死んだ。
泣くに泣けない、笑うに笑えない、
知性の末路である。

おれはまだ
いくらかの余命があるとして
広辞苑に押しつぶされて
死んだ男の物語を書くか。

土地には
匂いがある。
むろん
時代にもある。

肉体は
おそらく
時代を刻印する。
痛みの感覚がやってくる。

木の葉が
舞う。
ひとが
散る。

あとがき

長い間、人生の大半と言ってもいいほど、定型詩に関わってきた。それゆえに、それとも他に理由があってか、新城は日々、定型におさまる生活をしている。むろん、定型をわずかにずれることはある。以下、あまりにアンニュイな一日の記録である。

早朝、目白がやって来て、柿の実を突く。一日はかく始まる。

六時、目を覚ます。「古楽の楽しみ」の時間である。アルビノーニやテレマン、ヘンデル、バッハ、モンテヴェルディ等が私を呼んだのではない。新城の体が長時間の睡眠に耐えられないだけである。

七時、近所を散歩する。老人にあう日もある。会わない日もある。この街から老人がいっせいに消えた、という物語があった。国家が老人狩りを行ったのだ。

新聞二紙を買う。似たり寄ったりの内容で、殺人・強盗・事故など推理小説顔負けである。時には何かの抗議―単なるアリバイ作りの大会もある。

八時、朝食。テレヴィはSEXUAL HARASSMENTやPOWER HARASSMENTとか騒いでいる。むろん、女性の上役からセクハラを受けた、と若い男性が訴えたこともある。眠くなる。

十時、室内旅行。立ったり、座ったり、歩いたり、草木を眺めたりする。突然、思いついてドイツ語の二〜三行を筆写する。と言ったたってIch liebe dichくらいのものか。

十二時、昼食。新城はどちらかと言えば肉食系である。二週間に一度、そうだ、那覇に行こう！ デパートの地下で薬膳粥を食する。太りすぎの体を削ぎ落すためである。効果はない。

十三時、テレヴィを視る。アメリカ映画「めぐり逢い」。登場人物はこの世とあの世の境に在って、自在に行き来する。幽明界は一体である。

十五時、昼寝。もし目覚めなければ永眠である。かくて世界は終わるか、どうかはこっちの知ったことではない。まあ、向こう様の勝手である。

十七時、おれは八十歳の坂を無事に下ることができるか？ とヒマラヤ山脈の天辺で考える。

日が暮れる。蝙蝠がやって来て、柿の実を齧る。一日はかく終わる。


今回もまた洪水企画の池田康氏の助言や示唆を戴いた。感謝申し上げる次第です。これからもよろしく。

新城貞夫

二〇一八年一〇月

新城貞夫（しんじょう・さだお）

1938年　サイパンに生まれる。
1962年　第8回角川短歌賞次席
1970年　村上一郎・桶谷秀昭共同編集「無名鬼」に作品発表
1973年　現代短歌大系11巻、現代新鋭集（三一書房）に百首採録
2013年　歌文集『ささ、一献 火酒を』
2015年　『アジアの片隅で　新城貞夫歌文集』
2016年　第50回沖縄タイムス芸術選賞大賞受賞
2017年　歌集『Café de Colmar で』
2018年　随想集『遊歩場にて』
2018年　『妄想録――思考する石ころ』
現住所　〒901-2205　宜野湾市赤道2-6-6

詞章

満身創痍の紅薔薇

著　者	新城貞夫
発行日	2018 年 12 月 10 日
発行者	池田康
発　行	洪水企画 〒 254-0914 平塚市高村 203-12-402 TEL&FAX 0463-79-8158 http://www.kozui.net/
装　幀	巖谷純介
印　刷	シナノ印刷株式会社

ISBN978-4-909385-09-3